句集

磁場

佐藤弘子

青磁社

福島の磁場よりの祈り

——序に代えて——

佐藤弘子さんに初めてお会いしたのは、小熊座福島支部翅の会の最初の句会、六年程前である。「にじのまち工房」という春日石疼さんの勤務先の施設であった。参会者は八名ほど。私はあやふやだったが石疼さんがしっかり記憶していた。句会の進行を弘子さんが務めた。初対面の人たちが多い中ながら実にてきぱきした采配ぶりで、その明晰さに感心していたのを覚えている。理知鋭敏な文学少女が、そのまま円熟した女性になった印象であった。二十代前後は詩や短歌に親しんでいたと伺ったが、第一句集となる本集には初学の習作と覚しき句はほとんど見当たらない。冒頭から俳句における言葉の働きをはっきりと知得している作が並ぶ。たとえば一句目は次のような巧緻なものである。

毛糸玉消え雑念の編み上がる

マフラーあたりを編み終わった場面であろう。普通なら出来上がった物の方に関心が移り、それも満足感や達成感といったありきたりの心情の表現となるのだが、この句は毛糸玉という存在の喪失感とそれに連なる意識の変化に焦点があたっている。毛糸玉が「消えた」とか「雑念」が「編み上がる」との独特の表現が、編まれた物の質感を伴いながら心理の仮象表現として働いている。作者がすでに詩としての言葉の力を鋭敏に自覚し駆使している証である。かくて、毛糸編みの達成に至る期待感の喪失と世俗雑事の日常へ戻らなくてはならないという鬱屈感を読者は共有することになる。

フリルひらめかせ眼間を蛭が過ぐ

これは少女期の原体験の映像化だろう。作者は伏黒村という養蚕が盛んだった現在の福島県伊達市生まれ。かつて蛭は田や小川のどこにも棲息していた吸血性の嫌われものである。だが、ここではまるで童話の世界の王女や金魚鉢の琉金でもあるかのように楽しげだ。『堤中納言物語』の「虫めづる姫君」

顔負けの偏愛ぶり。しかも、八・五・五音といういぎくしゃくしたリズムに原郷の風や水のきらめきが幻影となって甦り、小さな命の躍動感まで伝わってくる。

このような世界観や造型力を早々に身につけてしまっていることに驚くが、それが、そののちも多様に開花して豊かに独自の世界を繰り広げる。

おぼろ夜がふはりと猫を吐き出しぬ
三畳紀ジュラ紀さうしていま枯野
白梅のたうとう空へ滲み出す
化粧水今年の頸をよく伸ばす
尾骶骨付近もつとも虫すだく

弘子さんは三十代から「寒雷」の加藤楸邨のもとで俳句を学んだ。地元では藤村多加夫の薫陶を受けた。多加夫は福島時代の金子兜太を支えた俳人である。弘子さんはまもなく福島県俳句賞や福島県文学賞奨励賞、準賞、正賞と三賞を立て続けに受賞するまでに成長する。一句目など加藤楸邨の横顔さえ彷彿する。楸邨は〈黒猫の過ぎゆく朧ほぐれけり〉と黒猫を主体として表現したが、弘子さんは朧が黒猫の母胎であると言い止めた。「吐き出しぬ」という肉体感覚が絶妙で朧夜自体がもともと巨大な猫であったかのような錯覚にさえとらわれてしまう。二句目は大胆な省略が効いている。億年の太古と今という瞬間がたった十七音の中にそっくり収まっている。「白梅」「化粧水」「尾骶骨」などの諧謔ぶりも見逃せない。俳句はかつて男の文芸と言われたが、けっしてそうではないことを、これらの句は如実に示してもいる。「化粧水」の句など「初鏡」という従来の季語では到底表現できない女性ならではのおかしみがあり、したたかさがある。「今年の頸」とは皺のことではない。今年一年、あらゆるものを誰よりも広く高く見届け生きようというたくましさの象徴としての頸なのである。

しかし、句集を通奏低音のように貫いているテーマは孤影と父母追慕の思いである。

さみしいと渇く眼や蝶の昼
金魚金魚さみしい鰾をひとつづつ
襤褸菊の絮の奥なる母の家
寒林てふ父の肋の中歩く
父母のをらぬうつつや朝寝して

孤独感が父母の幻影を探り、父母の不在がいっそう生き存える寂寥を深めている。
福島は十年前の東日本大震災の際に、原発事故という未曾有かつ深刻な人災事故に遭遇した。

靴箱の靴の歳月雲雀の巣

牛の眸の無垢の六百青葉騒
仮置き場仮仮置き場鳥曇

これらはその数年後浪江や南相馬へ同行した時の句である。一句目は浪江小から避難した人々の上靴が学校の靴箱に避難当時のまま残されていたさまを詠んだものだ。二句目は同じく浪江町の「希望の牧場」の被曝した牛たち。三百頭の黒目が青葉の奥に並ぶ。三句目は汚染土の仮置き場。仮置き場とは名ばかりで、そのまま永遠の置き場になるのではないかとの弘子さんらしいシリアスな批評眼が光る。

メメント・モリ　メメント・モリと粉雪降る

そうした先行き不透明な未来を凝視し続けたのちに生まれたのが、この句である。「メメント・モリ」とは「自分がいつか死ぬことを忘れるな」という古代ローマ以来のラテン語の箴言。「今を楽しめ」という意味で使われたが、しだいに現世の空しさを強調し、来世への願いを籠める言葉となった。今をいかに生きるか。それが、そのまま未来へ繋がるということだ。福島原発事故以後の自分を含めた人間の生き方への弘子さんの問いかけが託されている。降り続ける粉雪が永遠に清浄であれとの祈りである。この祈りを引き寄せる言葉の磁場としての力が本集の最大の魅力といえよう。

弘子さんは近年怪我をされたり病を得たりしたと伺ったが、必ず立ち直りさらに広く深く、ご自身の世界を言葉で探る旅を末永く続けられることと信じ期待するものだ。最後に触れ得なかった佳吟をいくつか紹介し、蕪辞に代えることとしたい。

寒林の一樹となりて鳥を待つ
春昼や焼べれば写真起ち上がる
炎天の隅がめくれて黒揚羽

天鵞絨に集まる微塵冬暖か
狐火のやうに暮らしてをりました
寝落ちたる髪より花火匂ひけり
焦土の色橡《つるばみ》の色八月は
どくだみの匍匐神々寝入るころ
日が傾ぐ擂鉢虫の大顎に
棒切れのやうな虹の根出水村

五月三十日

虹洞書屋　高野　ムツオ

磁場＊目次

福島の磁場よりの祈り　高野ムツオ　1

不時着の絮　15
炎天の隅　45
春泥の犀　73
冬の孔雀　107
コスモス浴　133
雀斑少女　165

あとがき　192

佐藤弘子句集

磁　場

不時着の絮

（一九八三〜一九九九年）

毛糸玉消え雑念の編み上がる

朴ひらく全山に黙満つるとき

雛の眼を怖しと云へり初潮の子

鮟鱇の置かれてよりの形かな

発ちし子の机の黙よ日永し

相槌もせずに林檎を剝いてをり

病ひとつ古き日傘を盾として

白梅のまづ一輪のはにかめる

「正ちゃん帽」は母の帽子や花八つ手
雪解けの音に動きぬ猫の髭

会話とてなし母の日の母に添ひ

反故焼いてをり十薬の花盛り

フリルひらめかせ眼間を蛭が過ぐ
向日葵のうなじのことに獣めく

栗飯の熱きを抱へ母を訪ふ

赴任地は霧美しと夜の電話

箱詰めの鼈石のごと黙す

凩を来て確かむる鼻の位置

春深し転た寝の子の髪の嵩

発光す水着少女のふくらはぎ

土踏まず揃へて母の昼寝かな

電柱の寝かされてある土筆原

アクセサリー外して仰ぐ夕桜

飲《おん》食《じき》後の皿鉢重ねゐる極暑

反核の署名請はるる聖夜かな

読み返すミヒャエル・エンデ日短

つくづくと蟻を見てをり楸邨忌

紫蘇揉みし指そのままの逢瀬かな

香港四句

雲海やざわめきとして広東語

物乞ひの鉢のドル銭夕焼けに

ドリアンに微熱西日の裏通り
日本人の枠出でられず灼くる街

寅さんを失ひし国秋深し

夢二忌やバスタブへ四肢解き放つ

高階に臓腑のやうな褞袍干す

爪を切る夫木枯を聴きながら

部分蝕済んで一面犬ふぐり

揚羽一頭ふはと前方後円墳

たんぽぽの絮の不時着ティータイム

リーゼントの総理一礼広島忌

黒猫の真赤な喉や今朝の冬

ラ・フランス書架に一冊分の隙

新品の辞書抱へをり星月夜

柿剝いて尖りし口のままをりぬ

小字みな同姓小豆干してをり

小声となる話手袋外しけり

木喰仏三百体とゐて日永

招待者リスト夜の蟻迷ひ来る

別れ来て掌の榧の実の匂ひ出す

嫁がせてより冬帽を離さざる

寒林の一樹となりて鳥を待つ

寒林は騙し絵夫を見失ふ

茅花野や猫葬りしことも過去

栗の花雨滴が角度変へ始む

ひつそりと反故巻き戻る音の秋

炎天の隅

（二〇〇〇～二〇〇四年）

鎌倉三句

風邪ごこち康成の眼に射抜かるる

サーファー無数たとへば卸し金の突起

高階に尾骨を据ゑて茘枝剝く

風花や鼻ひと擦りする漢

桜蕊降る空つぽのベビーカー

仕切りカーテン音せぬやうに引く暑さ

回診の足音ばかり夏がゆく

缶珈琲手に寒林へ風聴きに

七日粥母の講釈聴きながら
言ひ逃れ出来ず根雪を踏んでをり

蘩蔞やこの掌だんだん眠くなる

おぼろ夜や金の成る木が咲くと云ふ

麦秋や瞬くたびに子が消える

飛び石の凸凹蟻の列でこぼこ

向日葵や倦怠指数けふは百

灼け癖の石に腰掛け異土の歌

梨の皮もう球体に還れない

柿酬しをり赴任地に夫を置き

狐狸紛れゐるか花野を発つバスに

母とふたり初湯の黙を分かち合ふ

硝子重ねてゆけば二月の空の色

晩年へ傾ぎてゆくか土筆摘み

さくらさくら空を汚してゆく桜

茎立つといふ完結の黄なりけり

デジャ・ヴュの果ての水門葛の花

木犀や墓守水のやうに笑む

鬱に色あるとするならこの鮟鱇
白鳥の蹼ばかり見てゐたる

独活一片胃の全きを疑はず

おぼろ夜がふはりと猫を吐き出しぬ

母の家まで菜の花を泳ぎゆく

みどりごの何処もくびれ今朝の夏

小岩井農場

牛の眸もなめとこ山も梅雨最中

パリ三句

サングラス巴里まで家出してしまふ

戯れをせむとセーヌへ日の盛

マダァムと鼻濁音降る青葡萄

凌霄や猫の背伸びが尾へぬけて

蛇衣を脱ぐ鱗片に噎せながら

ぎくしやくと生きて橡の実撫でてゐる

横浜新港秋空は鳶が統ぶ

哀しみの噴き出さぬやう重ね着す

塵芥烟らす男ゐて二日

嗚呼父よ遠忌の雪がねぢれ降る

角質化止まぬ五官や霾れる

春昼や焼べれば写真起ち上がる

沖縄三句

基地といふ呪縛に灼くる石敢當

豚面皮《チラガー》の瞑目の吊されて朱夏

砂糖黍嚙むなり日本領土なり

炎天の隅がめくれて黒揚羽

饑かりし日々よ地蜘蛛と戯れて

春泥の扉

（二〇〇五〜二〇一〇年）

山《やま》申《まうす》てふ藁幣に遇ふ茸狩

天鵞絨に集まる微塵冬暖か

口寄せの肩冬ざれてをりしかな
秘めごとのやうにあかとき雪を掻く

描線を風に攫はれ春の鳶

ティラノサウルスおぼろ齝むばかりかな

さみしいと渇く眼や蝶の昼

母永眠

隠り世にコスモス摘んで居給ふか

からす瓜の花ほどいてもいいですか

一摑み雀を撒いて凍つる空

雪の夜は赤子を抱いて確かめる

明日香四句

花ぐもり石の思ひを問ひ歩く

よろづ屋の媼が眠りこける春
石たちとかぎろひをれば石の声

福音として目まとひを被りゆく
ががんぼと私かさこそ棲んでゐる

河骨の薄暗がりが波長合ふ

杖と決めし藜をけふも過りけり

三畳紀ジュラ紀さうしていま枯野

剝げつつも鮭の鼻梁にある一途

旭山動物園　カバのサブ子

霜焼けの耳頷いてまた寝入る

白梅のたうとう空へ滲み出す

蒲公英を数へ尽くしてから眠る

はなびらの押し合ふ音の中にをり

野分晴おとがひで押すボールペン

すかんぽのどこを噛んでも母をらぬ

兜虫匂ひてイーハトーヴの夜

溢蚊を打つて感情線汚す

冬の音するでで虫の殻吹けば
猫の目の炉火ひらひらと育てゐる

炉明かりに蕩けてゐたる老いし猫

化粧水今年の頸をよく伸ばす

鳶の声二月の気流の青濃くし

賞状のやうな薄氷掲げ来る

唐突に父を恋ひたり夜の野火

春泥の犀がたしかに笑ひゐる

父母のをらぬうつつや朝寝して
幣《みてぐら》にされてしまつた風の蝶

目つむれば空鳴つてゐる夕桜

がやがやと来て三角田植ゑ始む

われに腐蝕始まつてをり滝の前

行々子葦の深さを云ひたてて

立山二句

雪踏んでゆく八月の地獄谷

稚児車と気息合はせて歩き出す

浅草どぜう店

仮名遣ひ云々泥鰌《どぢやう》鍋煮えて

郷愁のたとへば揺るる鳥威し

野口英世記念館

丸餅のやうな句点がシカの声

苜蓿からだ休みたがつてをり

踏切のことにかぎろひ易きかな
ていねいに暮らせば沙羅のひらきけり

すいつちよん鎖骨さみしき夜なりけり

他所の田の案山子を父と決めてゐる

短日の立て掛けられてあるギプス

そよいだりして出来立ての薄ごほり

啓蟄やまんぢゅう一人分足らぬ
その話なら鞦韆を降りてから

多摩川に筵大葉子と吹かれをり

なんぢやもんぢやの影に抱かれてゐる晩夏

どの貌も渇きに渇き蟻蟻蟻

少年の頸草いきれ残りをり

橡の実の凸凹どれも子の如し

五大堂より末枯れの始まれり

畝合ひに刻み藁散り秋湿り

冬の孔雀

（二〇一一～二〇一四年）

おのが足突きて冬ざれの孔雀

東日本大震災二句

余震なほ原子炉四基冴え返る

言葉虚しつくしんぼへ屈むばかり

着信のひとつ非通知星迎

小春空は羊水まぶた重くなる

渺渺として極月の孔雀の背

朽ち加減父によく似て一冬木

寒林てふ父の肋の中歩く

素つぴんを通すや梅の遅きこと

尻見せて潜りさみしい春の鴨

原発の居座つてゐる桜かな

哀しみを運び切れない蟻の列

蛇苺美しすぎて皆潰す

生乾きなる七月の空の青

雀の鉄砲揺れる父さん居ないから
かなかなに眼を閉ぢて身を委ねをり

とうに乾びし父の面影蓮の飯

絽の母よけふもセシウムもよひなる

白河小峰城震災禍

暑からむ垣を崩れし石二千

コスモスを起こせば水の匂ひ出す

保護色になるまで歩く枯れの中

正月の真ん中に置く赤ん坊

狐火のやうに暮らしてをりました

三月を悼みぬ顎《あぎと》固くして

自販機へおぼろを詰めてゐる男

沖縄を思へゴーヤのこのぶつぶつ

虎杖に今も隠れてゐる少年

郭公の真空時間あをあをと

九品仏浄真寺

葬頭河の婆もわたしも夏痩せて

少年の研ぎたての肘九月来る

姉逝去二句

君逝きにけり十月の明るさに

吾亦紅くすぐつたいと柩の眉

しぐれ易きものにポストと象の鼻

草ぐさの蹲ひゐるは身に入むや

見よかしに胸の分厚き冬の鳶

目薬の一滴づつの淑気かな

臘梅の気鬱そつくり貰ひ来ぬ

アクアマリン福島三句

そぞろ寒手蔓藻蔓の手が伸びる

しぐるるや座頭鯨の耳小骨

紫雨虎《あめふらし》が前生冬日和

指先を子猫に噛ませおく愁ひ

蟻一匹健気に影を付け歩む

青柿やほろほろ崩えてゆく家族

少し後ろで兜太の檄と灼けてをり

蛍袋振ればちちはは土となる

尾骶骨付近もつとも虫すだく

コスモス浴

（二〇一五～二〇一七年）

目まとひや前頭葉が磁場らしく

凌霄を掃く恩寵の色を掃く

徳島二句

飽かず生るる錆色の渦阿波は秋

浄瑠璃の語り調子も秋寂びて

母の忌やコスモス浴をしてひとり

曼珠沙華の褪せやう確と見ておかむ

秋思濃くなる終電車降りてより

この旅は家出のつもり帰り花

わが詩語と榠樝追熟させておく
着膨れてきのふのままの貌でゐる

たびら雪父の背中を流しこと

鳥帰るなりにんげんに腹を見せ

椨の木の大きな出べそ鳥曇

よれよれの土筆確かに預かりぬ

鶏頭の頸の凋落見てしまふ

浪江～希望の牧場三句

霾ぐもり拉げし時計海へ向き

靴箱の靴の歳月雲雀の巣

牛の眸の無垢の六百青葉騒

葭切のもう来てもいい水の色

昆虫の嗅覚をもて胡瓜揉む

梅雨茸の類わが耳猫の耳

嬰のもの干す八月の旗として

愛想笑ひして人間でゐる暑さ

襤褸菊の絮の奥なる母の家

どくだみの匍匐神々寝入るころ

込み上げてくると噦りぬ夕蜩

日が傾ぐ擂鉢虫の大顎に
銀杏降る私は私剝ぐばかり

菜耳ひとつ出自のやうに付いてゐる

母のこゑたとへば桜紅葉かな

待春のその木は私そそけをり

除染完了三句

亀鳴くや思惟も家並も砂塗れ

拉げたんぽぽ腹式呼吸してごらん

仮置き場仮仮置き場鳥曇

連翹の中や淋しい耳ふたつ

麦秋の死角赤子が泣いてゐる

目が合ひぬおぼろを潜り来し猫と
逝きし人も雀の担桶も風の色

節榑の手に馴染みたり橡一顆

強気なり耳の裏まで日焼して

徳島二句

阿波踊り佳境や眉山けぶらせて

丹田に騒《ぞめ》き囃子が溜まる秋

雁渡しけふ川床の錆深く

掌に包む備前火襷雪降り出す

蟷螂の枯れるわけにはゆかぬ腹

メメント・モリ　メメント・モリと粉雪降る

寒紅を刷いて云ひたいことがある

探梅や水郡線の小駅より

飯舘村山津見神社二句

狼は大神水の温みけり

権禰宜に飼はれて福といふ子猫

悼　渡邊文子二句

飛び切りの牡丹なれかし後の世も

ひそひそとなんぢやもんぢやの花に雨

土偶しかと正中線のあり薄暑

フレコンバッグ残像として鳥帰る

焦土の色橡《つるばみ》の色八月は

きのふから秋風の栖むわが鎖骨

風邪心地ジャムうつとりと煮詰まつて

雀斑少女

（二〇一八～二〇一九年）

想念の隙間より湧く雪ばんば
松過ぎの貌なり猫もわたくしも

云ふなれば冬の手花火わが眩暈

雪がまた降る子の臍の絆創膏

どうしても傾いでしまふ焼嗅

翳りなき膕を持ち卒業す

太るなら歪むならいま青榠樝

罌粟ひらく五体自由にしてをれば

跳びたがる枝豆女系家族なり

金魚金魚さみしい鰾をひとつづつ

遊べあそべと凌霄が唆す

寝落ちたる髪より花火匂ひけり

触角のつもりで眉を刷く晩夏

向日葵の真つ只中にゐる怖さ

大阪三句

母許の雨の病葉踏みに来し

猪《ゐ》口《ぐち》喰ふ止り木に足遊ばせて

松本幸四郎

サリエリの屈背に在す台風裡

波羅蜜の途中なりけり秋の蔓

冬桜折るまいぞ影踏むまいぞ

狐火や祖父《おほぢ》の膝の暗がりに

隠沼の色の眼をして雪をんな
君はもう素粒子粉雪また粉雪

柝のやうなきんぴら食うて女正月

雪匂ふムスカリ色の宵の口

サルトルに似て来し猫よ梅雨の底

青いちじく風切羽の生えさうな

雀斑少女のわたくしだつた杏の実

凌霄花母の鏡に燃え移る

ほうたる来い戯れに履く男下駄

産みし日の寒さを繰りてゐし母よ

川底にリヤカーの骨暮の春

なんぢやもんぢやの花の下なり文子の忌

入院三句

元号の変はり目に降る桜蘂

湧く緑常世への径匿し持つ

鳥風やや手首に患者バーコード

家族とは漂流船か明易し

猫の尾の真つすぐにゆく葱の花

黙りこくるな青柿も福島も

水引の白のこぼれて留守らしき

無造作に鏡括られ滝祠

夭折の子らの手混じる庭花火

七夕竹昇かれて雨の匂ひけり

棒切れのやうな虹の根出水村

枯蟷螂放置自転車のやうに

点滴の日々を託ちぬ緋の手套

苔色の蟾蜍に出くはす暮の秋

阿武隈川も人も深傷を聖夜の灯

みんな死ぬ林檎綿虫が来てゐる

夜明けまだ冬木の気息しんしんと

あとがき

本書『磁場』は、初学以降三十六年間に渡る作品の中から三百二十句を収めた、私の初めての句集です。生来の怠け癖が祟り、長年未整理のままだった句稿との格闘は苦しいものがありました。膨大な数の句のどれもが独り善がりに思えて、放り出したくなってしまうのです。しかし取るに足りない作品でもそれこそが私自身。どの一句も私が戸惑いながら生きて来た足跡に違いないのです。

俳句に魅了されたきっかけは朝日新聞の俳壇でした。憧れだった楸邨先生の選に時折入るようになった頃、或る方の勧めで「寒雷」（現暖響）に入会しました。のちには「小熊座」にも加えて戴き現在に至ります。俳句のみならず教わることの多い各先生、先輩の方がた、そして心優しい句友の皆様、そうした沢山の縁に恵まれて参りましたのは、もとより人付き合いの苦手な私には思いも寄らないことでした。それこそが「俳句」という文学の持つ不思議な力なのかも知れません。

このたびの上梓に際し、小熊座主宰の高野ムツオ先生には選句、句集名の提案など大変なお骨折りを戴きました。その上、貴重な序文まで賜わりまして感謝の気持でいっぱいです。心より御礼申し上げます。

最後になりましたが、青磁社社主永田淳様、装幀の濱崎実幸様、大変お世話になりました。

また、京都在任中ということもあり、永田様との打合せに臨んでくれた長女、パソコンで句稿整理に協力してくれた二女の存在も有難いことでした。

お世話になりました皆様に感謝をこめて本書をお届けしたいと存じます。

二〇二〇年夏

佐藤　弘子

著者略歴

佐藤　弘子（さとう　ひろこ）

一九四四年　福島県伊達郡（現伊達市）生まれ
一九八三年　寒雷（現暖響）入会
二〇〇三年　「青き蜥蜴」により福島県俳句賞受賞
二〇〇四年　福島県文学賞奨励賞受賞
二〇〇五年　福島県文学賞準賞受賞
二〇〇八年　「禾《のぎ》持って」により福島県文学賞受賞（選考委員　金子兜太、鈴木正治、結城良一）
二〇〇八年　曠野賞受賞
二〇一三年　小熊座入会
二〇一六年　小熊座同人
二〇一八年　暖響同人

現代俳句協会会員
福島県俳句連盟会員
ＮＨＫ文化センター福島俳句教室講師を経て、現在ＦＴＶカルチャーセンター俳句教室講師

句集　磁場

初版発行日　二〇二〇年七月二十六日
著　者　佐藤弘子
福島市大森字鶴巻七八－五（〒九六〇－一一〇一）
定　価　二〇〇〇円
発行者　永田　淳
発行所　青磁社
京都市北区上賀茂豊田町四〇－一（〒六〇三－八〇四五）
電話　〇七五－七〇五－二八三八
振替　〇〇九四〇－二－一二四二二四
http://www3.osk.3web.ne.jp/~seijisya/
装　幀　濱崎実幸
印刷・製本　創栄図書印刷

ISBN978-4-86198-467-9 C0092 ¥2000E